KB116673

봄의 얼굴

제
93
시
집

봄의
얼굴

용
혜
원

시
집

책만드는집

나는 시와 동행하는 삶을 살고 있다.
시를 생각하고 연상하고 쓰는 즐거움 속에
어느 사이에 세월이 가고 나이가 들어가고 있다.
시는 나의 지나온 삶의 이야기다.
긴 밤을 지새운다고 시가 써지는 것은 아니다.
마음의 샘이 터져야
시가 흘러나온다.
시와 만나고 이야기를 나누면서 시가 써진다.
시를 쓰면 고독이 사라지고 마음에 행복이 찾아온다.
시를 쓰고 시집을 내는
즐거움이 삶의 즐거움이고 기쁨이다.
항상 독자들에게 감사한다.
독자와 함께하는 시를 쓰고 싶다.

용혜원

| 차례 |

2부 바다도 외로워 파도친다

3부 새로운 시간이 밀려온다

4부 삶은 머나먼 길이다

5부 아픔 없는 삶이 어디 있으랴

봄바람 불어왔다 떠나니
나뭇가지마다
봄꽃을 피워 놓으면
향기에 취해 꽃멀미가 난다

1부

그리움으로 꽃은 피어나고

매화

봄
그리움이 몽실몽실 돋아나면
매화꽃이 하얗게 피어난다

매화꽃 향기가 봄바람에 날려
가슴을 점령하면 더욱 강한
그리움이 뭉쳐서 몰려온다

봄
매화꽃 피면 하얀 그리움이
푸른 하늘 아래 꽃으로 피어난다

매화꽃처럼
이 봄 내 사랑에
꽃 피어나면 얼마나 좋을까

봄의 얼굴

봄의 얼굴은 들판에서 돋아나는 새싹과
봄에 피어나는 꽃이다

민들레는 외진 곳에 피어나
너무 외로워 목만 길어지고
그리움에 지쳐 얼굴이 노랗게 질렸다

보고 싶은지 바람결 따라
누가 오려나
이리저리 고개를 돌린다

봄이 오면 들판에서는
세상을 처음 보는 초록 얼굴이 돋아난다

봄이 오면 온갖 나무들이
노란 꽃 얼굴 붉은 꽃 얼굴
하얀 꽃 얼굴을 내밀며 활짝 웃는다

봄에는 산과 들에서
수많은 얼굴들을 새롭게 만난다

봄꽃 향기

봄꽃들이
향수병을 터뜨렸는지
봄꽃 향기가 천지에 진동한다

봄꽃 향기가 가슴에 가득하고
온몸에 스며들어
봄을 잊을 수가 없다

봄꽃 향기에 잠시 잊고 있던
그리움도 꽃을 피운다

봄에 피는 꽃
한 송이 한 송이마다
꽃향기가 가득하다

봄꽃들이
저리도 아름답게 피어나는데
향기가 날 수밖에 없다

봄

봄바람 불어왔다 떠나니
나뭇가지마다
봄꽃을 피워놓으면
향기에 취해 꽃멀미가 난다

봄은 나물 캐는
소녀의 손끝에 있다

소녀는
봄을 캐고 있다

봄이 오면

세상의 모든 것들은 한겨울 한파에
가슴 졸이며 손꼽아 꽃 필 봄을 기다렸다

봄이 오면 겨우내 추웠던 마음 따뜻해지고
마른 가지에 모여든 햇살에 꽃이 핀다

찬 겨울 칼바람 추위 속을 잘 지나오고
잘 견딘 나뭇가지에서 피어난 꽃이 아름답다

봄이 오면 따뜻한 햇살과 바람에
꽃 몽우리 툭툭 터뜨리며
봄꽃이 지천에 피어나고
풀 향기 꽃향기가 봄소식을 전한다

봄 햇살이 이슬을 말리기 전에
풀잎들은 이슬에 촉촉하게 젖는다

봄의 숨결이 바쁘게 아지랑이를 피워내고
향긋한 풀 향기 꽃향기가 속 터놓은
꽃 피는 봄날 가슴에 가득하다

봄 햇살에 꽃들이 기분 좋아 방긋 웃는데
상큼한 향기 나는 냉이는
봄날 밥상에 찾아온 손님이다

봄이 왔다

봄이 왔다 온 세상에 소리친다
하늘과 산과 강이 들판이 나무와 풀들이
일제히 봄이 왔다고 소리친다

봄이 왔다 온 세상이 따뜻하다
온 세상이 부드럽고
온 세상이 겨울옷을 벗고 봄옷을 입고 있다

봄이 왔다 한겨울 추위와
어둠의 무게가 떠나고
봄 햇살에 새싹이 돋고 꽃 피는 봄이 왔다

봄날에 들판에서 민들레가 웃는다
왜 웃고 있을까
왜 신나 있을까

봄이 찾아왔다 봄이 왔다고
봄이 찾아왔다고 민들레가 웃는다

화창한 봄날 민들레처럼 행복하게 웃자
봄 새싹이 힘차게 돋는 힘은
우리들의 희망이다

꽃길을 걸어봅시다

봄꽃이 피어 꽃향기가 가득하면
봄을 맞이하기 위하여 꽃길을 걸어봅시다

누구나 그렇게 살기를 원하는 꽃길
꽃길 같은 삶 살지 못하며
힘들고 어려울지라도
내일은 꽃길 같은 날이 오리라 생각하며
우리 꽃길을 걸어봅시다

봄꽃들이 얼마나 화사하고 아름답게 피어나
꽃향기를 퍼뜨리는지
꽃길을 걷는 동안 행복이 가득해 옴을
가슴 깊이 느낄 수 있습니다

봄이 오면 사랑하는 사람과 꽃길을 걸으며
살아가는 동안 꽃길같이
삶을 아름답게 살아가자고 다짐하며
그렇게 그렇게 살아갑시다

우리 봄이 오면 꽃길을 걸어갑시다

봄 햇살

겨울잠 자던 강
얼음장 깨지는 소리가 나기 시작하면
얼음 속에 남아있던 겨울이 강물이 되어 흐른다

봄 햇살에 눈 녹은 땅에서
초록 새싹이 봄소식을 전하는 소리가 들린다

봄날에 돋아나는 새싹과
피어나는 꽃을 보면 볼수록
사랑하는 이 얼굴처럼 참 예쁘다

새싹이 돋고 꽃 피는 봄은
기분이 좋고 짜릿한 감동을 준다

봄 햇살은 여린 햇살이다
새싹을 돋게 하고
꽃을 피우는 따뜻하고 정감 있는 햇살이다

봄 햇살을 쐬고 있으면
봄의 손길을 전해주고 마음이 따뜻해진다

봄기운

나뭇가지 손등이 시리게
새벽이면 찬 서리가 내리며
외로움은 한겨울 빈 가지 끝에서
가냘프고 매몰차게 흔들린다

나무 잔가지 하나하나마다
추위에 떨고 떨면서
폭설이 내리면 설화가 피어 아름답다

날카롭고 뾰족한 맹추위가 심장을 찔러도
나무는 봄을 기다리고 있다

쓸쓸하고 외로운 한겨울
오들오들 떠는 나뭇가지는
찬란한 봄을 알기에 봄을 기다린다

냉혹한 추위에 떨고 있다가도
봄이 와서 봄 햇살이 내리면
겨울 추위를 썼고 피 말랐던 실핏줄이
터져 나와 봄꽃이 핀다

봄기운이 한겨울 얼었던 얼음을 녹여
냇물을 만들고 겨우내 잠자던 가지 끝에
꽃 몽우리가 터질 때
싱그러운 봄꽃 향기에 취한다

봄 들판

봄비가 내리고
햇살이 내려앉으면 봄꽃이 피어난다

한겨울 한 맺힌 설움이 뭉쳤다가도
봄 빗소리에 돋아난 새싹은 예쁘고
나무가 살아나 꽃을 피운다

봄날 민들레를 만나면
반가움에 입가에 웃음꽃이 피고
봄 들판 가득히 노란 민들레꽃
웃음소리가 잔잔하게 퍼지고 있다

햇살 가득한 봄날 봄 들판에 노란 민들레가
왜 행복한 웃음을 웃고 있을까

따뜻한 햇살에 행복이 가득하고
추운 겨울에 못 만났던
친구들을 만났기 때문이다

흘러가는 시냇물이 봄이 찾아와서 좋은지
잔잔한 웃음소리를 내며 흘러간다

이른 봄

겨울의 끝자락이라 산에 잔설이
아직은 하얗게 남아있어
봄이 오려면 아직 멀었다

봄을 재촉하는 비가 한두 차례
내려야만 잔설이 깨끗하게
씻겨 내려갈 것이다

아직도 바람이 차다
따뜻한 봄바람이 불어와야
봄이 시작될 모양이다

이른 봄바람이 불자
남아있던 겨울을 데리고 떠나고
이른 봄비가 내리자
남아있던 겨울을 전부 씻어 내렸다

이른 봄 햇살이 비추자
남아있던 겨울을 녹여버렸다
겨울은 완전히 떠나고
온 세상이 봄으로 가득해졌다

봄 강

맑고 푸른 하늘에 봄기운이 가득하면
봄이 온다
봄이 온다

얼음이 쨍쨍하게 얼어붙었던 겨울 강물이
봄이 와 몸을 풀면 푸른 물감 풀어놓은
봄 강이 되어 흐른다

겨우내 얼었던 땅이 터지면서
순수한 생명의 싹이 돋아나면
봄이 온다고 세상이 떠들썩하다

봄이 오는 것을 알았기에 강물은 흘러가며
봄소식을 온 땅에 전하고
물안개 자욱하게 끼는 봄 강은 사랑하는 이
모습처럼 순수하고 싱그럽고 아름답다

봄 강이 흐르는 강물이 전하는
봄소식은 참 멀리도 전해진다

추운 겨울 생각하면
봄 햇살이 따뜻하게 눈물 나게 좋아
입가에 자꾸만 웃음꽃이 피어난다

봄에 흐르는 물

봄에 하얀 눈 녹은 물이 속삭이며
흘러가는 물소리가 신이 많이 나있다

봄에 흐르는 물소리는
봄소식을 재빠르게 전할 수 있다

봄을 알려주는 물의 발자국 소리가
매우 싱그럽고 경쾌하다

겨우내 얼어붙어 응어리진 가슴
후련하게 풀어버리고
봄에 흐르는 물소리는
몸과 마음이 아주 가볍다

봄에 흐르는 물소리는
초록을 살려내고
만나는 산천마다 꽃을 피운다

봄에 흐르는 물의 입김이 스치며
새싹이 나고 꽃이 피어난다

4월의 초록

4월의 초록은 너무나 예쁘다
연초록 물결에서
봄의 숨결을 느낀다

내가 사슴이라면 산이고 들이고
마구 뛰어다니며
초록에 물들고 싶다

내가 새라면 푸른 하늘을
힘차게 날아다니며
초록에 빠져들고 싶다

봄비 1

봄비가 내리면
풀들이 꼿꼿이 머리 들고 일어서서
겨우내 보지 못한
세상이 궁금해 눈을 뜬다

봄비가 내리는 곳마다 새싹이 돋고
풀과 나무들의 숨결과
맥박 뛰는 소리가 경쾌하다

봄비가 내리고 나면 봄비를 맞는 곳마다
봄바람의 손놀림 빨라져 재빠르게
새싹이 돋아나고 꽃이 피어난다

봄비가 내린 만큼
나무들과 풀들은 눈에 띄도록
쑥쑥 싱싱하게 자라고
봄비를 맞은 만큼 세상도 훌쩍 자라난다

봄비에 움 돋는 새순을 보면
가슴이 따뜻해지고 행복하다

봄비 2

얼었던 땅이
이른 봄비가 내리자
몸을 풀었다

봄비에
땅도 봄 맞을
준비를 했다

봄비는
봄의 시작을 알리는
단비다

봄비 3

겨울을 녹이려 내린
봄비는 산산이 부서졌다
다시 모여 흘러간다

봄비가 후드득 내리며
봄이 왔다고 창문을 열라고
창문을 두드린다

창문을 열면 푸른 하늘 아래
봄기운이 가득한
따스한 공기를 느낀다

생명을 살리는 신비한
봄비가 온 땅에 내린다

봄비가 땅의 가슴을 적시며
흘러내리고
봄비가 새싹을 싹트게 한다

봄 나무

한겨울 내내 뻣뻣하게 서있던 나무가
봄이 되어 바람 불면
초록 잎들을 흔들며 반겨준다

겨울 내내 고달픔이 심해서
그리도 아무 말 없이 견디던 나무가
봄이 되고 봄바람이 불면
꽃을 피우고 향기를 온 세상에 날린다

겨울 내내 나무들이 그리도
넋 놓고 키가 자랄 생각도 하지 않더니
봄비가 내리고 햇살이 빛나면
가지를 쭉쭉 뻗으며 잘도 자란다

나무는 봄을 기다렸나 보다
나무는 봄이 좋은가 보다
봄이 되면 신바람이 나서
춤도 잘 추고 잘도 자란다

봄 낚시

봄이 되어 차가웠던
날씨가 훈훈하게 풀리고
꽁꽁 얼었던 얼음이 녹았다

햇살이 화창하고 따뜻해
개울가로 낚시를 나갔다

낚시를 드리웠더니
고기는 안 낚이고
봄소식만 계속해서 올라온다

흐르는 물이 가는 곳마다
소식을 전해 온 세상이
봄소식으로 가득 찰 것이다

봄꽃 1

봄꽃이 핀다
온 세상 나뭇가지마다 꽃들이 피어난다

나뭇가지들이 꽃 피우기를
서로 자랑하고 뽐내듯이 꽃을 피운다

하얀 꽃 노란 꽃 빨간 꽃
분홍 꽃이 피어나
온 세상에 꽃 잔치가 벌어졌다

봄날은 어디를 가나
꽃들을 만나고 볼 수 있다

봄꽃들이 서로 얼굴을 내밀며
자랑하며 향기를 날린다

봄날 봄꽃이 피어
꽃들의 노래가 가득하고
꽃들의 함성이 가득하고
봄꽃이 피니 세상이 아름다워졌다

봄꽃 2

봄날 확 트인 들판에 바람이 불고
지나가며 꽃을 피워놓는다

봄비가 내리는 날 봄꿈에 설레는
나뭇가지들을 간지럽히면 견디다 못해
웃으며 꽃을 피운다

봄이 오면 사랑을 노래하는
진달래꽃 뜨거운 연분홍 꽃잎이 피어난다

봄날 햇살이 너무 좋고 따뜻하면
양달에서 민들레꽃 피곤한지 졸고 있다

햇살이 내려 봄꿈에 젖었던 풀들을
포근하게 감싸주면 어쩔 줄 몰라
견딜 수 없어 꽃을 피운다

봄이 오면 온 세상에

꽃들이 피어나 마냥 행복해 웃고

봄이 오면 안개 속에서도 봄 소문이 떠돈다

봄꽃이 떨어지고 시들면

열기가 뜨거운 여름이 성큼 찾아온다

봄꽃 3

봄볕이 쏟아지는
봄 길을 따라
사랑하는 이 찾아오시는가
봄꽃이 찬란하게 피어난다

봄꽃이 활짝 피었다
지는 것도 몇 날 며칠뿐
봄꽃은 한순간 화려하고
향기롭게 피었다가 떨어진다

봄 길 따라 찾아온
봄꽃은 정만 남기고
다시 만날 약속만 남기고
꽃잎이 떨어지면 떠나간다

냉이

볼품도 없고
꽃도 화려하지 않은 냉이

추운 겨울 차가운 땅속에서
봄이 오기를 기다렸다

봄이 오면 고개를 내밀어
봄소식을 전하며
"나! 여기 있어요!"
어서 와서 캐 가라고 소리친다

봄날 식탁에 나물이 되고
냉잇국이 되어
봄맛을 보게 해주려고
봄을 기다렸다

봄비가 내립니다

봄소식을 전하는 봄비입니다
봄비가 내립니다

아직 한 귀퉁이 남아있던
겨울이 빨리 달아날 것입니다

아직은 봄 햇살도 여리지만
봄비가 내리면 산천초목을 적셔줍니다

한겨울 바짝 긴장했던
나무와 풀들이 새싹을 돋우고
봄볕에 새싹이 성장하고
꽃들의 눈빛이 빛을 냅니다

봄비가 내립니다
하늘에서 봄을 온 땅에
보내주고 있습니다

봄입니다
봄비가 내립니다
온 땅에 생명을 주는 봄비입니다

살며 살아가며
외로워 서성거릴 때도
슬픔이 가득하면 그리움이 마음에 번져
그대가 보고 싶다

2부
바다도 외로워 파도친다

너

너로 인하여
내가 고독할 수 있는 것은
사랑하고 있다는 것이다

너로 인하여
내가 외로울 수 있다는 것은
그리움이 가득하다는 것이다

너로 인하여
내가 괴롭다는 것은
너를 잊지 못하는 것이다

그대가 보고 싶다

가을 단풍처럼
그리움이 번져서
마음에 꽉 차면 그대가 보고 싶다

세월이 흘러가도
못내 그리움은 남아있고
추억을 떠나지 못하고 있다

떠나간 사람들은 돌아오지 않고
잊힌 사람들은 생각나지 않아도
그리운 사람은 그리움이 남아
늘 마음에 가득하다

살며 살아가며
외로워 서성거릴 때도
슬픔이 가득하면 그리움이 마음에 번져
그대가 보고 싶다

비

비는 언제 어디서나
하늘에서 쏟아져 내릴 수 있다

비는 내 발이 갈 수 없는
곳에도 내린다

비는 내 손이 닿지 않는
곳에도 내린다

비는 내 눈에 보이지 않는
곳에도 내린다

내 마음에 그리움이 내리는데
그리운 이를 만날 수가 없다

추억 속에 남아있는 사람

살면서 만났다가
떠난 후에도
늘 추억 속에 남아있는 사람

함께했던 시간들이
같이했던 순간들이
너무 좋아서 마음속에
선명하게 그림처럼 그려져 있다

가끔씩 문득 생각이 나면
입가에 웃음 짓게 하는 사람

즐겁고 기쁘게 지냈던 순간들 속에
늘 그리움으로 남아있다

흘러가는 시간이 안타까워
과거 속으로 뛰어 들어가
만나고 싶어지는 그리운 사람
추억 속에 남아있는 사람

새벽달

새벽달이 외롭다

밤새 어둠 속에서
홀로 떠있으니
얼마나 쓸쓸할까

얼마나 그리우면
밤새 기다리고 있을까

혼자 시린 가슴을
감추고 있는
새벽달이 외로워도 너무 외롭다

사랑한다는 것은

사랑한다는 것은
얼마나 아름다운 일인가

내 마음속에
사랑하는 사람이 있다는 것은
즐겁고 행복한 일이다

일생 동안 함께할 수 있는
사랑하는 사람이 있다는 것은
한 번뿐인 삶에서 축복받은 것이다

서로 묶이어 사랑한다는 것은
사랑이 세월이 깊어갈수록
아름다운 추억을 만들며 살아가는 것이다

사랑한다는 것은
살아갈 의미가 분명하다는 것이다

인연

만남이라는 인연이
그리 쉬운 것이 아니다

날마다 수많은 사람을
만나고 헤어지지만
그냥 그렇게 모른 척하며
스쳐 지나갈 뿐이다

사랑이 쉬운 것이 아니다
인연이 아니면
만날 수 없고 연분이 아니면
평생 같이 살 수가 없다

인연이란 참으로 소중하다
서로 만나 사랑하고 결혼하고
평생을 산다는 것은
그리 쉬운 일이 아니다

당신의 이름

당신의 이름이
너무나 소중합니다

내가 사랑하고
내가 마음껏 부를 수 있는 이름입니다

내가 사랑하고 마음에 간직하고
추억을 만들고 가슴에 담으며
살아가야 할 이름입니다

나의 눈 속에 당신이 있을 때 행복합니다
당신의 이름을 부를 수 있어서
나는 정말 행복합니다

당신의 이름이 소중하고
가슴에 맺히도록 아름답습니다

내가 사는 날 동안 항상 부르며
사랑하고 싶은
내가 사랑하는 사람의 이름입니다

고독

해 지는 어두운 길 별빛과 달빛이 찾아 들어와
가슴이 저미도록 슬프게 혼자라는 것을 알았고
사무치는 슬픔 속에
혼자 남았다는 것을 깨달았다

혼자 있으면 내밀한 고독이 몰려와
외롭다는 것을 뼈저리게 느끼고
고민이 생각을 흩어놓아
혼자 고독 속으로 걸어 들어가고 있다

죽은 자는 고독하지 않고
정신이 살아있는 자가 고독하고
떠나는 자는 고독하지 않고
여운이 남아있는 자가 고독하다

사라진 자는 고독하지 않고
끝까지 머무는 자가 고독하고
잃어버린 자는 고독하지 않고
지금 존재하는 자가 고독하다

고독은 고독으로 남고
그리움은 그리움으로 남는다

나는 행복합니다

당신은 내가
온 마음으로 사랑하는
내 마지막 사랑입니다

당신을 이 세상에서 만나
사랑할 수 있음은
최고의 행복이며
나에게 찾아온 행운입니다

세상은 우리를 마냥 사랑하도록
그냥 내버려 두지 않습니다

세월은 흘러가고
청춘도 사라지고
목숨마저 떠나야 할 시간이 찾아옵니다

우리가 사랑해야 할 시간도
너무나 안타깝게
점점 줄어들고 있습니다

우리 사랑하는 동안
이 세상에서 가장 멋지고 낭만적이고
감동적인 사랑을 하고 싶습니다

당신이 내 사랑이어서 행복합니다

외로울 때

지나간 날은 아무리 외쳐 불러보아도
다시는 돌아올 수 없는 날이다

세상살이 서로 관계가 있어도 힘들고
서로 관계가 없으면 외로운 것이다

한이 가슴에 응어리가 되고
멍이 되어 비참하고 암담하여
외로울 때 바다로 달려가
파도치는 바다만 바라보아도
보면 볼수록 좋았다

고독과 외로움이 뭉쳐 덩어리가 되고
고독하고 쓸쓸함이 몰려올 때
뼈 마디마디에 울음이 가득 찰 때
파도 소리를 들어보라

고독한 것은 사랑하지 못해서
사랑을 받지 못해서 고독한 것이다

바다도 외로워 파도치며
누군가 보고 싶어
누군가 만나고 싶어
반복하여 해변으로 밀려온다

기억

내 삶의 한가운데
항상 당신이 있는 것만으로도
나는 행복합니다

누군가를 기억하고
누군가를 사랑할 수 있다는 것만으로도
때로는 아픔이 되고
때로는 기쁨이 됩니다

당신을 늘 기억하며
살아갈 수 있다는 것은
희망이며 감동입니다

당신이 내 삶에 없었다면
나는 아무런 가치가 없는
무의미한 삶을 살았을 것입니다

우리는 모든 것을
기억하며 살아갈 수 없지만
당신을 기억하며 살아갈 수 있는 것만으로도
나의 삶은 축복입니다

떠남

이별보다 뼈아프게 떠나는 것은
영영 만날 수 없는 결별이다

이별은 까닭과 무슨 분명한
이유가 있겠지만 그래도 혹시
다시 만난 날을 기대해 볼 수 있지만
결별은 다시는 만날 수가 없다

사랑하는 사람이 내 곁을 떠나는 것보다
우울하고 비참하고 슬픈 일은
이 세상에 없을 것이다

사람이 살아가는 일에
왜 가슴 아프고 시린 일이 생겨서
이별하고 결별해야 하는가

이 세상 모든 것은
서로 만났다가 작별을 해야 하는데
서로 좋은 인연으로만
살아도 짧고 짧은 삶인데
왜 이런저런 이유로 이별하고 떠나야 하는가

이별하면 떠나간 슬픔이 가슴에 가득하니
우리 서로 사랑하며
이별이 없는 삶을 살고 싶다

만남과 이별

만남이 있기에
이별이 있다

만남을 원하기에
이별을 원하지 않고
이별이 없는
만남을 원한다

아쉽게도
모든 만남은 이별이 있기에
고독과 슬픔만 남는다

사랑하면

사랑하면
얼굴이 닮아간다

사랑하면
생각이 닮아간다

사랑하면
마음이 닮아간다

사랑하면
사랑이 닮아간다

여름 나무

풀과 나무들이 이렇게 좋을 수가 없다

비가 내리면 내릴수록
나무들이 강한 여름 햇살을 받으며
무럭무럭 자라는 소리가 들린다

여름 나무는 가슴 후련하게
마음껏 나뭇가지를 허공에 펼치며
신바람 나게 잘 자란다

바람이 불면 나뭇잎들도 신이 나서
모든 손을 들고 환영을 한다

풀과 나무들이 이렇게 기쁠 수가 없다

여름 나무는 힘 있는 대로
땅속에 뿌리를 내려서
온몸을 튼튼하게 만들어간다

한여름 내내 튼튼하게 자라면
올겨울도 아무 걱정 없이
아주 잘 견딜 수 있다

한여름

비가 오지 않고 가물고
하지의 뜨거운 태양 빛이
온 땅에 가득하게 내리쬐면
푸르던 나무들도 잎들이 힘을 잃고
기진맥진하여 서있다

한여름
태양의 열기가 달아오르면
개구리도 울다 하품을 하고
개구리 울음소리에도 졸음이 온다

여름 꽃밭에서 나팔꽃이
아침 일찍 일어나 기상나팔을 불고
키가 훌쩍 커버린 해바라기가
여름 들판을 지켜주고 있다

초록의 계절

한여름 벌거벗은 태양이 타올라
날씨가 뜨겁고 너무 덥다

거센 비바람과 강렬한 햇살 속에
푹 찌는 더위로 온 땅이 불타올랐다

나뭇잎들도 시들하고 풀도 축 늘어지고
구름마저 더위 먹어
갈 길을 잃고 머물러있다

곡식을 거두기 위하여
일할수록 땀내 가득한 여름
곡식이 나날이 익어간다

풀과 나무들이 거침없이
쑥쑥 잘 자라는 소리가 들리는
초록이 가장 싱싱한 계절이다

가을 하늘이 높은 것은
무더운 여름이 떠난 빈자리 때문일까
가을이 아름다워 멀리서 바라보기 때문일까

3부

새로운 시간이 밀려온다

새벽 바다

밤새 어둠을 씻어낸 파도가
새벽 바다에도
계속해서 밀려온다

하루가 시작되는 아침
밀려오는 파도 속에
새로운 시간이 밀려온다

오늘은 어떤 일이 있을까
오늘은 무슨 일이 일어날까
궁금증과 기대 속에
하루가 열리고 있다

새벽 바다의 파도는
새로운 시간과 함께 밀려온다

보리

어린 보리 찬 바람 부는
혹한의 겨울에도
춥다 말하지 않고
아주 잘 견딘다

추운 겨울을 잘 견디고 이겨내어
밟아주면 밟아줄수록
뿌리가 튼튼해지고 강해진다

봄 햇살에 고개를 내밀고
쑥쑥 자라나 열매가 열리면
배고프던 시절 여름 한 철
허한 속을 채워주던 보리가 참 고맙다

밤하늘

저녁노을이 붉다 못해
까맣게 속이 타버려
깜깜하고 어두운 밤이 되었다

밤하늘이 어둡고
무겁게 내려앉았다

저녁노을이 지면서
아무 미련 남기지 않으려고
어둠 속에 숨어버렸다

밤하늘이 적막하고
너무 쓸쓸하고 조용하다

길

길은 늘 새롭게 만들어진다

길이 없다고
불평하지 마라

길이 없다고
좌절하지 마라

길이 없다고
실망하지 마라

첫발을 내딛는 순간
새로운 길이 만들어진다

새로운 길을
가장 처음 걸어가는 사람은
꿈을 갖고 도전하는 사람이다

빗물 한 방울

빗물 한 방울이 얼마나
긴 여행 속에 바다로 가는가

바다로 가지 못하는
빗물 한 방울도 얼마나 많은가

빗물 한 방울에 시냇물도 있고
강물도 있고 바다도 있다

바다에 떨어져
금방 바닷물이 되는 빗방울도 있다

빗물 한 방울에도
운명이 있다

손

손은 엄청난
일들을 해낸다

손가락이 서로 싸우면
아무것도 할 수 없다

손가락이 손바닥과
힘을 합치면
어떤 일이든지 할 수 있다

빨래

빨래는
바로 나다

더럽혀진
나를 먼저
빨아 널어야 한다

적막

밤이 깊고 새벽은 멀었는데
신경이 날카로워져서 까칠하고
예민하여 잠이 오지 않는다

달빛을 즐기려 했더니
달도 지쳐 피곤해하고
세상이 너무 고요해 큰 소리를 낼 수가 없다

적막한데 방 안의 시계 초침 소리만 가득하고
외로움의 갈피에 고독이 쳐들어온다

적막이 길면 고독이 밀려오는데
홀로 남으면 잠이 오지 않고
지루하게 시간이 늘어져 가지 않고
고독의 외길로 걸어 들어간다

아침이 오는데
아침 해보다 내가 먼저 눈을 떴다

누가 올 것인가

외롭고 쓸쓸할 때
삶이 고독할 때
누가 찾아올 것인가

휴대폰으로 전화를 걸면
금방이라도 당장이라도
달려올 친구가 있을까

전화번호가 목록처럼 수없이
있으면 무엇 하는가
알고 지내는 사람이
많으면 무엇 하는가

낯선 세상에서 외로울 때
진정 함께할 사람이 없다면
세상은 더 넓어지고 혼자는 외로울 뿐이다

책

책을 읽으면
마음이 풍요로워진다

깨달으면 깨달을수록
그만큼씩 마음이 성숙해진다

독서를 하면 할수록
내가 알고 있는 것이
너무나 작다는 것을 알아
마음이 겸손해진다

책을 읽으면
새로운 발상이 떠오르고
생각이 넓어지고 깊어지고
높아지는 것을 느낄 수 있다

책을 읽으면 읽을수록
수많은 언어들이 춤추는
언어의 마술사가 된다

가을 아침 둑방에서

아침 햇살이 비치는
가을 아침에 둑방길을 걷는다

이른 시간이라
사람들이 오가지 않아도
코스모스꽃이 피어
환영하듯 바람에 흔들리고 있다

들꽃들이 피어 다시 찾아온
가을을 환영하고 있다

들국화는 들판에 피어나는
가을 여인의 가냘픈 웃음이다

가을 아침 둑방길 따라
쭉 걸어가면 가을을 느끼고
가을에 빠져든다

낙엽이 쌓이는 길

가을이 떠나려고
낙엽이 수북하게 쌓이는 길
우리들의 지난 이야기 추억도 쌓인다

나무들이 낙엽을 떨어뜨리며
그리움을 하나씩 털어놓으면
낙엽들이 모여 떠나는 가을을 이야기한다

가을이 떠나기 전에
낙엽을 밟으며 걸어보자
남아있는 가을 이야기를 나누자

낙엽이 쌓이는 길
가을이 남겨놓은 이야기가 쌓이고
떠난 발자국보다 미련이 더 길게 남아있다

떨어진 낙엽들은 가을과 함께 떠날 것이다

가을은 짧다

가을은 아주 짧게 찾아왔다가
미련 없이 훌쩍 떠난다

가을은 단풍 들기에도 시간이 짧고
낙엽이 떨어지기에도
시간이 너무나 짧다

가을을 만나기에도
단풍의 아름다움을 마음에 담기에도
가을을 보기에도 시간이 짧다

겨울의 차가운 바람이 불면
가을은 그리움만 남기고 떠난다

낙엽이 떨어지면
나무들 주위가 쓸쓸하고 고독하다
가을이 너무 짧다

가을 빗소리

가을 빗소리는 가을이 떠남을 알리는
야속하고 슬픈 빗소리다

가을 빗소리가 들리면
가을이 떠나는 발자국 소리가 시작된다

가을바람이 불고 가을비가 내릴 때마다
가을은 단풍이 되고 낙엽이 되어 떨어진다

가을비가 내리면 심장의 온도도 내려가고
무더웠던 여름은 떠나가고
쌀쌀하고 차가워지는 날씨 속에
겨울의 발걸음이 성큼 다가온다

가을비가 내릴수록 밤은 길어지고
가을 빗소리에 가을이 떠나고 있다

가을에는

가을에는 마음이 자꾸
텅 비어 허허롭고 외롭다

가을에는 왠지 빈 마음에
고독이 끼어들고 허무가 끼어들어
외로움이 끼어들어 더 가득 채우고 싶어
홀로 여행을 떠나고 싶다

삶의 이유를 자꾸만 묻고 싶고
살아갈 이유를 자꾸만 묻고 싶다

사람이 그립고 사랑을 하고 싶어
고독이 자꾸만 마음을 흔들어놓는다

가을에는 빈 마음을 채우고 싶어
자꾸만 커피를 마셔 커피 잔이 늘어만 가고
빈 생각을 채우고 싶어 책을 읽고
허한 마음을 채우고 싶어 여행을 떠난다

가을 은행잎

가을에 너무 깊은 생각에 폭 빠져있나 보다
은행잎 고독에 노랗게 물들어 있다

봄부터 가을이 오기까지
초록 색깔로 잘 달려있던 은행잎들이
가을에 노랗게 단풍 들어
금방이라도 떨어져 낙엽이 될까 봐
몹시 두려웠던 모양이다

노란 은행잎은 가을 풍경을 만드는
가을에 찾아온 손님 멋진 가을을 만드는 예술가다
노란 은행잎은 단풍으로 물들어
가을답게 만들어주고 낙엽이 되어 떠나간다

갈바람이 불어올 때
노란 은행잎이 떨어지는 가을 길을 걸으면
가을을 만날 수 있고
가을의 참맛을 느낄 수 있다

가을 만들기

가을이 찾아오면
나뭇잎들이 온갖 색으로 단풍 들어
가을 만들기를 시작한다

가을이 오면 오색 단풍잎들이
온갖 색으로 불을 밝혀
가을색 잔치를 벌인다

가을은 강렬한 열정의 단풍잎들이
뜨거운 가슴을 열정으로 불태우며
떠나야 하는 아쉬움에
함성을 지르며 가을을 노래한다

가을은 단풍잎들이 가을을 만들어
온 세상 사람들을 초대한다

나뭇잎들은 가을이 오면
단풍이 들어 가을 만들기를 좋아한다

단풍 든 나뭇잎은 낙엽이 되어
퇴장할 때도 아름답다

가을 풍경

가을 하늘이 높은 것은
무더운 여름이 떠난 빈자리 때문일까
가을이 아름다워 멀리서 바라보기 때문일까

낙엽이 수북하게 쌓인 가을 풍경 속을
찾아 들어가면 마음이 행복해진다
호수에 비치는 나무들의 단풍이
오색이 만들어내는 아주 기막힌 풍경이다

단풍들이 색깔을 뽐내고 낙엽이 떨어지고 쌓이는
나무들의 마을 숲길을 걸으면 순간순간마다
쏟아지는 탄성에 감동하고 또 감동한다

아름다운 단풍을 애처롭게 흔들어
떨어뜨리는 것은 바람이었고 아름다운 단풍을
가련하게 떨어뜨리는 것은 가을비였다

가을은 마음에 담아두고 싶고
언제나 추억으로 남기고 싶다

가을 단풍

가을 단풍이 나무들마다
참 고운 색깔로 물들었다
참 고운 빛으로 물들었다

가을 산 나뭇잎들에
오색 단풍이 들면
잎 하나하나마다 가을이 가득하다

가을이 들어있는 단풍이 들면
산이 가장 아름다운 계절
가을이 시작된다

가을에는 산을 사랑하고
단풍을 좋아하는 사람들이
가을 산을 많이 찾는다

이 가을을 어쩌면 좋으냐

이 가을
단풍이 물들어 나를 부르는데
이 가을을 어쩌면 좋으냐

어디론가 떠나고 싶고
사랑하는 사람을 만나고 싶은데
이 가을을 어쩌면 좋으냐

가는 곳마다 단풍이 물들어
시선을 끌고 발길을 끌어당기는데
이 가을을 어찌 느끼지 않고
가만히 앉아있을 수가 있는가

이 가을 사랑하는 사람과
단풍 속으로 가을 속으로
사랑을 속삭이며 한없이 걷고 싶은데
이 가을을 어쩌면 좋으냐

이 가을이 떠나기 전에
갈색 커피를 마시며
가을을 노래하고 싶은데
이 가을을 어쩌면 좋으냐

가을이 떠났다

겨울 소식 전하는
찬 바람 불자 가을이 떠났다

물가의 갈대도 산의 억새도
몸을 움츠리고 흔들린다

가을의 분위기를 만들던
단풍 들었던 나뭇잎들은 찬 바람에
힘없이 떨어져 낙엽이 되어
뒹굴다 청소부의 손길에 쓸려 나간다

거리 풍경을 보고 알았다
가을이 떠난 것을

이곳저곳에 남아있는
가을을 청소부들이 치우기에 바쁘다

겨울을 재촉하는
차갑고 싸늘한 바람이 불면 가을은 떠난다

가을이 떠났다
고독 속으로 깊이 들어가 사색할 시간도 없이
야속하게 가을이 떠나고 말았다

가을은 추억만 남기고 떠났는데
추억을 잊지 못해
남아있는 낙엽을 밟으며
떠난 가을 속으로 걸어가고 있다

낙엽은 가을 편지

가을을 가을답게 만드는 것은
붉게 물든 단풍잎들과
어서 빨리 떠나기를 원하며
떨어진 가을 낙엽들이다

낙엽은 기다림의 진실을 알려준다
가을 길에 떨어진 낙엽들은
모두 다 가을을 찾아온 가을 편지다

누가 보냈는지
어디서 찾아왔는지
아무도 알 수가 없다

낙엽으로 찾아온 가을 편지는
발신 주소도 없고 어느 우체국 소인도 없는
가을 편지이기에
누구나 읽을 수 있다

가을 편지는 읽을수록 고독이 찾아오고
가을 낙엽은 떠나는 가을과 함께 떠날
가을 손님 가을 편지다

한겨울 추위 속에서도
겨울 햇살이 고마운 것은
다시 찾아올 봄을 기다리는
따뜻한 마음을 선물해 주는 것이다

4부
삶은 머나먼 길이다

먼 길

삶은
시작할 때
머나먼 길이다

삶은 살다 보면
갈 길도 끝나는
너무나 짧은 길이다

머물 수도
나갈 수 없는 길
떠나는 길이다

산

산이라고 누구나 다
오르는 산이 아니다

산에도 내가 오를 수 있는
산이 있다

세상에서도
내가 오를 곳이 있고
오르지 말아야 할 곳이 있다

자리라고
다 같은 자리가 아니다
앉지 말아야 할 자리가 있다

머무를 곳도
있어야 할 곳도 있지만
떠나야 하는 곳도 있다

행동하라

아무 쓸모 없는 깊은 생각에 골몰하고 빠져서
세월을 흘려보내고 시간을 놓치지 말고
원하는 것이 있으면 재빠르게 행동으로 옮겨라

수많은 생각이 가지를 뻗어도
갖가지 좋은 발상을 하여도
행동하지 않으면 움직이지 않으면
아무것도 완성하지 못한다

분별없는 생각은 아무런 가치가 없고
갖가지 실수와 잘못을 만들어놓고
무의미한 날들이 떠나가고
공들인 것들이 힘없이 무너진다

생각이 지나치면 잡념이 되고
잡념이 지나치면 우울해지고
슬픔이 찾아와 얼굴이 눈물로 젖는다

해 뜨는 아침에 촉촉하게 이슬에 젖으며
풀잎이 돋아나듯이
참된 생각 속에 빠른 행동은
한결 멋진 삶을 만들어놓는다

세월이 지나고 뒤돌아보니

세월이 너무도 빠르게
지나고 뒤돌아보니
내가 살아온 세월이 너무나
빈틈이 많고 서툴고 아쉽다

지금 마음만 같으면
그때 그렇게 살지 않았을 텐데
후회가 앞설 때가 많다

어린 시절 젊은 시절에는
세월이 이렇게 빠르게
흘러갈 줄은 전혀 몰랐다

살면서 언제나 어느 때나
최선을 다하며 살았다고
생각했는데 뒤돌아보니
한이 맺히고 미련이 남는다

좀 더 생각하며 살걸
좀 더 열심히 살걸
문득 지나간 세월 생각이 나면
뒤돌아볼수록 아쉬움이 남는다

평생 하고 싶은 일

늘 평생 하고 싶었다

보고 싶고 먹고 싶고
일하고 싶고 쉬고 싶었다

보고 싶어도 볼 수 없어
그리움이 생겼다

먹고 싶어도 먹을 수 없어
배고픔이 생겼다

일하고 싶어도 일할 수 없어
실업자가 생겼다

쉬고 싶어도 쉴 수 없어
피곤이 생겼다

삶은 놀랍다
어떤 사람은 다 할 수 있고
어떤 사람은 다 할 수 없다

부탁해요

부탁해요

우리들의 삶이
단 한 번뿐이라는 것을
절대로 잊지 말아요

어설픈 것에 현혹되어
함부로 목숨 걸지 말고
가치 없는 것에 맹목적으로 달려들어
허무하게 인생을 낭비하지 말아요

부탁해요

세월은 흘러가면
돌아오지 않는다는 것을
절대로 잊지 말아요

세월이 떠난 후에 가슴 치고
한탄하며 후회하지 말고
꿈을 이루며 삶의 모든 계절에 꽃을 피워요

사람의 손

붓 하나로 산천과 인물이 살아있고
생동감이 넘치게 그려낼 수 있다니
신비롭고 신기하다

어찌 똑같은 사람의 손인데
이리도 표현이 다를 수 있을까

손끝에서 붓끝에서 다시 살아나는
생명력이 참으로 놀랍다

어떤 사람은 손으로 조각을
어떤 사람은 그림을
어떤 사람은 도자기를
어떤 사람은 공예를
어떤 사람은 음식을
어떤 사람은 건축을 한다

사람의 손은 참으로 위대하고
놀라운 손 기술을 가지고 있다

손이 사람을 죽이는 손이 아니라
사람을 살리고 자연을 살리는
힘 있고 바른 손이 되어야 한다

물거품

바다에 파도가 치면
물거품이 일어난다

물거품은 잠시 잠깐 동안
있다가 사라져 버린다

거품은 거품일 뿐
거품이 바다가 될 수 없다

거짓은 거짓일 뿐
진실이 될 수가 없다

악한 마음은
악한 마음일 뿐
선하고 착한 마음이 될 수 없다

삶이란 이런 것인가

삶이란 이런 것인가
죽으면 한 줌의 재가 되어
썩고 흐트러져 무효가 되는 것인가

아무런 흔적도 없이 사라지고
까맣게 잊혀
아무도 기억하지 못하는 것인가

삶을 얼마나 애끓도록
간절하게 몸부림치며 살아왔는데
죽으면 무효가 되는 것인가

삶이 풀 한 포기로조차
남지 못하고 떠나는 세월 속으로
사라져야 하는 것인가

이 얼마나 애달프고 안타까운 일인가
이토록 절망스러운 일이 있을까

마침표

삶의 마지막에
마침표 하나 확실하게
딱 찍을 수 있다면
그래도 괜찮게 살아온 삶이다

살다 보니
내 인생 후회할 것 많아도
그런대로 잘 살았다고
생각할 수 있다면
얼마나 멋진 일인가

모든 걸 놓고
떠나는 삶인데 훌훌 던져버려도
아무런 미련이 없다면
그래도 잘 살아온 삶이다

겨울에 피는 꽃

눈 내리는 한겨울에도
꽃이 피어난다

춥디추운 겨울에도
웅크리고만 있지 않고
겨울 꽃이 피어난다

추운 겨울에도
꽃이 피어나야 봄이 오고
봄이 오면 겨울은 떠난다

겨울 풍경

눈이 내리는 날
들판에 나무 한 그루
홀로 서있다

나무 한 그루
겨울 풍경을 아주 멋지게
그려놓는다

눈이 내리는 날
산들은 머리에 하얀 모자를 쓰고
하얀 옷을 입는다

세상의 모든 나무들이
눈꽃을 피우면 아주 잘 그려놓은
겨울 풍경이 된다

겨울 햇살

황량하고 차가운 겨울날
양지바른 곳에 모여있는
다정한 햇살이 모든 것들이
활기차게 기운을 내기엔
좀 부족하다

칼바람 속에 생명이 살아가고
두꺼운 얼음과 찬 바람을 녹이기에는
좀 나약하다

한겨울 추위 속에서도
겨울 햇살이 고마운 것은
다시 찾아올 봄을 기다리는
따뜻한 마음을 선물해 주는 것이다

겨울 끝에서 봄이 오는
발자국 소리가 들린다

겨울 꽃

살을 에는 찬 바람에
차가운 기운이 온 세상에 가득하다

춥디추운 한겨울에는
눈꽃만 피는 줄 알았더니
겨울 꽃이 피어난다

한겨울 눈꽃 속에서도
햇살이 가득한 곳에는
겨울 꽃이 피어나니 신기하고
생명이 참으로 신비롭다

설화

겨울 내내
봄을 만나려고 달려와
일찍 찾아온 봄바람에
안달이 나 꽃 피워버렸다

설익은 풋봄에
폭설이 갑자기 내려
꽃 위에 눈꽃이 피었다

눈꽃 피어 봄맞이
속앓이 아직 끝나지 않았다

겨울 설산

누가 그려도
하얀 색깔이 살아있는
겨울 설산처럼
살아있는 그림을 그릴 수 있을까

하늘이 내린
하얀색의 아름다움을
겨울 설산이
멋진 겨울 풍경을 만들었다

겨울 눈 내리면
눈옷을 입는 산들
겨울 설산을 볼 수 있기에
겨울 여행이 아름답다

겨울비

하늘도 세상 돌아가는 일
내려다보고 있으면
너무 슬픈 모양이다

한겨울에 눈이 수북하게 쌓여
눈 더미가 되지 못하고
겨울비가 내렸다

겨울비가 내려
추위에 몸살을 치러도
봄 기다림을 포기하지 않는다

겨울 강

한겨울 맹추위에
온몸이 꽁꽁 얼어서
오도 가도 못할 줄 알았다

꽁꽁 언 얼음 위로
봄이 다시 찾아오는
길이 되었다

겨울 산

눈보라 몰아쳐도 냉혹하게 찬 바람이 불어도
겨울 산은 꼿꼿하게 한 발짝도 움직이지 않고
제자리를 서서 지킨다

여름날 물이 쏟아지면
수많은 물의 말들이 조각나던
폭포가 꽁꽁 얼어도
산은 미동도 없이 꼼짝하지 않는다

나무들의 손이 얼고 발이 얼고
온 천지에 눈이 내려 수북이 쌓이고
나무들마다 설화가 피어도
태연하게 제자리를 지킨다

겨울 산은 알고 있다
혹한의 겨울을 이겨내면
봄기운이 대지를 흔들면
꽃 피고 새싹이 돋아나는
얼마나 아름답고 찬란한 봄이 오는지
겨울 산은 알고 기다린다

겨울 논

벼를 베고 난 후
허전한 겨울 논에
찬 바람만 오고 간다

논바닥에 떨어진 벼 이삭을 찾는
겨울 철새는
휭한 겨울 논에 찾아온
겨울 손님이다

겨울 논은 겨울이면
쓸쓸하고 허전하고 외롭다

봄, 여름, 가을은 벼들의 세상
봄, 여름은 초록이 춤추고
가을에는 열매를 맺으면
들판에는 풍요로움이 가득하다

겨울 바다

칼바람이 쌩쌩하게 불어도
겨울 바다를 바라보며
무섭도록 휘몰아치는
파도의 매력에 폭 빠져버렸다

겨울

찬 바람 분다 겨울이다
한겨울 찬 바람이 몹시 춥다

춥다 추워 추워서 모든 것이
몸을 움츠리고 손이 떨린다

눈이 내리면
산과 들판이 몸을 움츠리고
뼈만 남은 나무도 움츠리고
풀도 시들어 몸을 움츠린다

거리도 왠지 쓸쓸하고
춥다 추워서
세상 모든 것이 몸을 움츠린다

겨울나무

겨울나무는 쌩쌩 불어오는
찬 바람에도 핏대 하나 세우지 않고
옷 다 벗은 맨몸뚱이라
하나만으로도 당당하게 서있다

한겨울 매서운 추위에도
아무것도 걸치지 않고
아무것도 덮거나 가리지 않고
온몸으로 버티고 서있다

혹한의 겨울 눈보라 속에서도
겨울나무는 나뭇가지 하나
숨기지 않고 튼튼하게 굳건하게 서있다

나무는 강하다
뿌리가 깊을수록 거목이 된다

봄을 기다리는 그리움이 너무나 대단해
나무의 마음은 변하지 않는다

살아온 이야기가 쌓여가는 줄 알았더니
무상한 세월에 치여 새가 날갯짓하듯
모두 다 떠나고 사라지는데
누가 기억해 줄까

5부
아픔 없는 삶이 어디 있으랴

아픔

새싹은 씨앗을 찢는 아픔이 있어야
단단한 땅에서 힘차게
돋아 세상에 고개를 내민다

이 세상에 아픔이 없는
삶이 어디에 있는가

이 세상에 고통이 없는
삶이 어디에 있는가
상처로 마음이 고장 나 수리 중이다

고통이 있기에 더 가치가 있고
절망이 있기에 더 소중한 것이다

단단한 씨앗을 찢고 단단한 땅을 뚫고
새싹으로 돋아나는 아픔은
새로운 새 생명의 시작이다

새싹이 돋는 아픔 자라는 아픔
꽃 피고 열매 맺는 아픔이 있어야
존재의 의미와 가치가 있다

목적이 없으면

목적이 없으면 방황할 수밖에 없고
서성거릴 수밖에 없으니
문이 없으면 벽을 문으로 만들어라

목적이 없으면 갈 길을 찾지 못해
헤매고 두리번거리며 살 수밖에 없다

많은 사람들이 목적도 없고 희망도 없어
밤이 깊은데 잠들지 못하고
사람들 속에서 마음을 잃었다

느리게 걸어도 기어가도
세월은 똑같이 흐르지만
할 일도 없이 맹목적으로
하루하루를 그냥 그렇게 살아가는가

목적이 있어야 쓸데없이 시간 보내지 않고
자신이 가야 할 길을 갈 수 있다
불안해하며 자꾸 좁은 골목으로 가지 말고
한밤중에도 깨어 흐르는 강물처럼 살자

절망에서 제일 먼저 빠르게 떠나
목적이 분명한 원하는 일을 하고
아무리 힘들어도 앞만 보고 뛰고 달려
삶에 보람과 만족과 성취감을 얻어라

헛된 삶

세월도 흘러가면 녹슬고 마는데
잘못 걷고 잘못 앉고
잘못 서고 잘못 잡은 것은 없을까

세월은 떠나가고 마는데
눈이 멀고 귀가 멀어
욕심의 노예가 되고
욕망의 노예가 된 적은 없을까

헛된 삶
헛것을 쫓다가
헛살다 가는 것은 아닐까

지친 얼굴에도
희망의 햇살이 비추기를 바란다

결핍

자신의 부족을 깨달아야
낮추고 겸손할 줄 안다

어딘지 모르게 부족하고
어딘지 모르게 연약하고
어딘지 모르게 초라한
자신을 잘 알아야 고개를 숙이고 낮아진다

진심으로 낮아질 줄 알아야
높아져도 교만하지 않는다

산을 보라 교만하지 않게
모든 것을 품어준다
하늘을 보라 교만하지 않게
구름을 품어준다

나무들과 대나무를 보라
교만하지 않게 자란다

어찌 살다 가야 하는가

수많은 질문과 의문이 많고 많은
세상을 어찌 살아가야 하는가

남과 비교가 많고 마음에 상처가 많은
세상에서 어찌 살아가야 하는가
씨앗은 찢어지는 고통 속에서 싹이 튼다

불의와 의혹이 많은 세상에서
독 품고 사납게 괴롭히며
헷갈리고 삐뚤게 살지 말자

쓸데없이 쏘다니고 일을 저지르고
이리저리 피하며 요령을 부리다가
갈피를 못 잡아 끝없는 절망에 빠지지 말고
떳떳하게 당당하게 살아가자

모순 많은 세상에서 악이 모인 곳에 찾아들어
미궁 속을 헤매거나
꼼짝 못 하는 함정에 빠지지 말고
깨끗하고 맑게 살아가자

참 힘든 세상 이리 숨고 저리 피하며
핑계만 대다 고생문 열지 말고
순수하고 정직하게 살아가자

흔적

날마다 쫓고 쫓기는 삶 속에
우리는 어디서 왔다 어디로 가는가
고민에 고민을 해도 잘 풀리지 않는다

캄캄했던 세월 마음의 수심 깊이
옹골찬 마음으로 맨주먹 꼭 쥐고 이겨냈다

우리가 삶에서 어떤 흔적을 어떻게
남기느냐에 따라 의문표를 붙이며 살다
기억이 되고 추억이 되고
고통이 되고 아픔이 된다

내 생각에 세월의 먼지가 쌓여도
세월이 지나간 흔적
마음이 지나간 흔적
손길이 지나간 흔적은 남아있다

잘 남아있는 흔적과
잘못되어 지워진 흔적은 전혀 다르다

잘 남은 흔적은 추억이 되고
잘못 남은 흔적은 흉터가 된다

누가 기억해 줄까

흘러가는 세월마저 급한 걸음으로
홀쩍 떠나가 버려 지나온 것들이
하나하나 지워져 가는데
누가 기억해 줄까

이리 살아보아도 저리 살아보아도
뒷걸음쳐 다시 돌아갈 수 없고
미련 하나 없이 송두리째 지워지는데
누가 기억해 줄까

살아온 이야기가 쌓여가는 줄 알았더니
무상한 세월에 치여 새가 날갯짓하듯
모두 다 떠나고 사라지는데
누가 기억해 줄까

기막히게 힘들게 살아온 삶의 나날들
꼬리마저 감추고 멀리멀리 사라지고
눈빛마저 떠나고 홀쩍 떠나가는데
누가 기억해 줄까

표현

살아있어야
표현할 수 있다

죽어있으면
표현할 수 없다

부드럽게 흘러가
스며들어야 표현할 수 있다

딱딱하게 굳으면
단단해져서 표현할 수 없다

홍수

바라보면 볼수록 행복했던
물이 무섭다

거침없이 쏟아져 내리고
흘러내리는 물살이
모든 것을 집어삼킨다

생명을 살리는 소중한 물이었는데
성난 물이 모든 것을
휘감아 죽음을 만들며 휩쓸어 간다

공포와 비명 속에 거친 물이 터져버리고
폭우의 긴 행렬이 할퀴고 떠난 자리에
험난한 상처만 남았다

인간

인간이
뭐 잘한 것이 있을까

서로 싸우고 시기하고
미워하고 질투하며
산 것밖에 더 있을까

푸른 맑은 하늘 아래서
잘못하고
죄지은 것
밖에 없을 것 같다

진실

진실은 강같이 흐른다

세월의 물살이 너무나 빨라
잠시 잠깐 살다가 떠나는 삶인데
우리 진실하게 살아가자

세상이 온통 거짓으로 뒤덮이고
모략으로 가득 차도 공염불이 되지 않도록
진실하게 끝끝내 살아가자

진실은 언제나 살아있어
잘못된 세상 뒤집어 바로 세우면
근심 걱정이 사리지고 기분이 참 좋다

고약하고 악한 마음으로 살아가며
절망의 닻만 내려놓지 말고
순수하게 진실하게 살아가자

서로 낯선 사람들 낯설게 떠나지만
세상에 진실이 살아있는 한
허망한 것에 허무한 것에 목매지 말자

지치고 힘들어 몸부림치도록
고통스럽고 어려워도
진실한 마음으로 살아가자

늪

깊이 쑥 빠져들어 간다
어디가 끝인지 모르겠다

늪을 즐기다가 두려운 생각이 든다
이러다 깊이 빠져
나오지 못하는 것은 아닐까

온갖 욕망의 늪은
스스로 만드는 것이고
알면서도 빠져들어 가는 것이다

한번 빠져들면
깊이 빠져들어 나오지 못하는 것이다

아무것도 모르는 척 못 본 척 못 들은 척
바보처럼 살고 싶지만
알면 알수록 복잡하고 어려워지지만
늪인가 수렁인가
스스로 깨닫고 살아야 한다

침묵

세상이 왜 시끄럽고 아우성인가
하늘이 침묵하고 있기 때문이다

하늘에 가끔씩 구름이 뜨고
천둥과 번개가 치고 비가 내리지만
하늘은 아무 말이 없다

세상은 하늘이 보란 듯이
폭동을 일으키고 테러를 자행하고
전쟁을 일으키고 혁명을 일으킨다

사람들은 잔꾀를 부리고 싸우고
다투고 침묵을 증오하고 싫어한다

침묵을 사람들은 대답이라고
생각하지 않고 무관심이라 생각하고
인간은 다문 입을 가만두지 못한다

하늘마저 세상처럼 아우성쳤다면
세상은 아마 존재하지 못했을 것이다

어매

험하고 모진 세상 살아생전
허리 한 번 못 펴고 날마다
고생만 하시다 떠나가신 어매

야속한 세월은 그냥 흘러가 버려
아들도 나이가 들어가니
못내 더욱 그립고 생각난다

어매에게 늘 미안하고 죄송하다
살아생전 자식으로 효도 한 번
제대로 못 한 것이 평생 후회가 된다

오기

삶이 힘들어지면 오한이 찾아오니
오기를 부릴 때는 부려야 한다

잘된 오기는 똥고집이 아니라
모든 일을 끝까지 할 수 있는 힘이고
기다릴 줄 아는 인내심이다

어떤 일이든지 끝까지 인내할 수 있고
버티고 견딜 수 있는 오기가 있어야 한다

잘못된 오기는 시작부터
위태로운 길목으로 잘못 들어가는 것이다

잘못된 오기는 꺾고 버려야 하지만
잘된 오기는 잘 살려놓아야 한다

들판의 풀처럼 바람이 흔들려도
비를 맞아도 눈보라가 몰아쳐도
견디며 봄을 맞이하는 오기가 있어야
꽃도 피고 열매를 맺는다

절망

척박한 세상에서 살다가
힘들고 괴로우면 절망 속에
모든 것이 한순간에 무너져 내린다

힘들고 지치면 가슴이 까맣게 타고
모든 것이 고통이 되고
조각조각 부서져 다시는
돌아갈 수 없게 마음이 깨진다

힘겨운 짐을 지고 버티다 쓰러져
생기마저 사라져 버리고
의욕마저 중심을 잃어버린다

가능성이 사라진 절망의 그림자만
새까맣게 길게 늘어져 간다

절망하면 모든 것이 균열되어 갈라지고
몸과 마음조차 축 늘어져
어찌할 도리가 없다

내일을 살 수 없는 아픔과
고통을 이겨내려고 견디다가
힘없이 풀썩 주저앉아 버린다

세상

세상은 겉으로는 평범하고
평화롭게 보이지만
온통 투쟁과 싸움판이다

하늘에서도 땅에서도
물속에서도 서로서로
자기 것을 차지하려는 생존경쟁 속에서
삶과 죽음을 가르는
치열한 전쟁이 일어난다

작은 곤충으로부터
거대한 동물과 사람에 이르기까지
서로 치열한 전쟁을 벌인다

어느 누구도 영원한 승자는 없고
싸움만 계속되고 있다

살아있는 모든 것들이 원하는 것은
싸움 없는 진정한 평화다

나이가 들어갈수록

나이가 들어갈수록
내가 알던 사람들과
모르던 사람들이
내 곁을 떠나간다

늙어갈수록
아는 사람들보다
모르는 사람들이
점점 많아진다

세월이 흘러갈수록
낯선 사람들이 많아
내가 살던 세상도 낯설어진다

이 세상을 살아가며

이 세상 살아가며 사람들은 모두
빚지고 살다가 훌쩍 떠나는 것이다

태어날 때 어머니의 자궁을 찢고
사랑의 빚을 지고 우리는 태어났다

살아가면서 온갖 일들을 하면서
이 사람 저 사람의 도움을 받고
관심을 받으며 빚을 지으며 살아간다

세상의 모든 일 어떤 일도
혼자서는 할 수 없기에
도움을 받고 도움을 주면서 빚지고 살아간다

미련곰탱이로 살았던 세월 후회가 되어
코끝이 시큰해지고 눈물이 핑 돌아
가슴에 눈물이 가득하게 고였다

체면 깎이고 흠이 되고 흉이 되도록
나태하면 생각과 행동이 피곤하지만
부지런하면 나이를 뛰어넘어 젊게 산다

누구나 삶의 마침표를 찍어야 할
시간이 찾아오기 마련이고
이 세상에 살면서 빚지고 살다 떠나는 것이다

지나가면 모든 것은 짧고 금방이니
세상을 밝히다 지는 노을이 아름다운 것처럼
나이가 들수록 아름답고 멋지게 살자

황혼

흘러가는 세월이 또다시 피어날 수 없는
추억으로만 가슴에 남아있다

비켜 나갈 수 없는 운명
눈물이 쏟아지도록
아쉬움 속에 안타까움만
맴돌다 떠나고 만다

발 동동 구르도록
후회스러운 삶 주문에 걸린 듯
끌려다녀 고통으로 얼룩진 얼굴에
눈물이 왈칵 쏟아진다

흘러가는 세월 잡아두고 싶은데
미련도 없이 떠나고 만다

떠나가는 젊음이 너무나
아까워서 가슴에 담아두려 해도
세월이 흘러가고 늙고 말았다

끝

이 세상 모든 것은 끝이 있다
나무도 낙엽이 지면 날가지로 남는다

심장과 가슴을 마구 내헤치고 치대는
아픔이 괴롭고 고통스럽고
슬플 때는 손끝 발끝을 바라본다

때로는 한 조각 구름만도
못한 삶에 벌써 끝이 다가와
팽팽하게 당겨진 죽음 덫이 노리고 있다

발걸음 더디 걸어도 떠나는 시간에
벼랑 끝에 몸서리치게 매달려 몸부림을 친다

결국에는 떠날 인생인데 서로 정 나누며
날마다 살갑고 다정하게 살자

믿음이 없으면 종소리조차 힘없게 들리니
끝이 뻔히 다가올수록 더할 나위 없이
속 차리고 외로움 던져버리고 즐겁게 살자

.

봄의 얼굴

초판 1쇄　2021년 3월 3일
초판 3쇄　2023년 3월 3일
지은이　용혜원
펴낸이　김영재
펴낸곳　책만드는집

—

주소　서울 마포구 양화로3길99, 4층 (04022)
전화　3142-1585·6
팩스　336-8908
전자우편　chaekjip@naver.com
출판등록　1994년 1월 13일 제10-927호
ⓒ 용혜원, 2021

—

* 이 책의 판권은 저작권자와 책만드는집에 있습니다.
　이 책 내용의 전부 또는 일부를 재사용하려면 양측의 동의를 받아야 합니다.
* 이 책은 (사)세종대왕기념사업회에서 개발한 문체부 쓰기 정체를 일부 사용했습니다.
* 잘못 만들어진 책은 구입하신 서점에서 교환해드립니다.

—

ISBN　978-89-7944-755-2 (03810)